5 Mars. 1910

VENTE
Du Samedi 5 Mars 1910
HOTEL DROUOT, SALLE N° 1
A DEUX HEURES

marqué P

Anciennes Porcelaines

DE SÈVRES, D'ALLEMAGNE ET DE CHINE

SCULPTURES

TABLEAUX ET PASTELS

DU XVIIIᵉ SIÈCLE

MEUBLES ANCIENS ET DE STYLE

TAPISSERIES D'AUBUSSON

Mᵉ HENRI BAUDOIN
COMMISSAIRE-PRISEUR
Successeur de M. Paul CHEVALLIER

M. ARTHUR BLOCHE
EXPERT PRÈS LA COUR D'APPEL

CATALOGUE

DES

Anciennes Porcelaines

DE SÈVRES, D'ALLEMAGNE ET DE CHINE

SCULPTURES

Groupe en marbre attribué à PUGET

BRONZES, CUIVRES, ÉMAUX EUROPÉENS ET ORIENTAUX

Douze Miniatures de l'Histoire du Costume

Tableaux. Pastels du XVIIIᵉ siècle

Deux Beaux Portraits attribués à J.-B. PERRONEAU

DESSUS DE PORTES, TRUMEAUX, PEINTURES DÉCORATIVES

MEUBLE A DEUX CORPS DU XVIᵉ SIÈCLE

Autres anciens et de style

TROIS GRANDES TAPISSERIES D'AUBUSSON

ÉPOQUE LOUIS XIV

Tapis d'Orient. Broderies

Dont la Vente aura lieu

HOTEL DROUOT, SALLE Nº 1

LE SAMEDI 5 MARS 1910

A DEUX HEURES

Mᵉ HENRI BAUDOIN	M. ARTHUR BLOCHE
COMMISSAIRE-PRISEUR	EXPERT
Successeur de M. PAUL CHEVALLIER	PRÈS LA COUR D'APPEL
10, rue Grange-Batelière	21, boulevard Haussmann

Chez lesquels se distribue le présent Catalogue

EXPOSITION PUBLIQUE

Le Vendredi 4 Mars 1910, de 2 heures à 6 heures

CONDITIONS DE LA VENTE

Elle sera faite au comptant.

Les adjudicataires paieront *dix pour cent* en sus des enchères.

L'exposition mettant le public à même de se rendre compte de l'état et de la nature des objets, aucune réclamation ne sera admise une fois l'adjudication prononcée.

Paris. — Imp. de l'Art, Ch. Berger, 41, rue de la Victoire.

DÉSIGNATION

PORCELAINES EUROPÉENNES

1 — Belle écuelle avec couvercle et plateau en ancienne porcelaine de Sèvres, pâte tendre, fond bleu de roi, médaillons à bouquets de roses, encadrements guirlandes et nœuds de rubans à rehauts d'or.

2 — Deux tasses avec soucoupes en ancienne porcelaine de la Tour, décor à scènes galantes en camaïeu violet, bordures et marques d'or.

3 — Grande soupière ovale avec couvercle en ancienne porcelaine de Paris, décor à bandes mauves, thyrses de roses, médaillons de fleurs, fond blanc à semis de bleuets, avec anses et bouton du couvercle à cœurs de feuillages en or.

4 — Grande soupière ovale avec couvercle à deux anses rocailles en ancienne porcelaine

de Saxe, décor à grands bouquets de fleurs ; le couvercle couronné par un enfant tenant une corne d'abondance à rehauts d'or et d'où s'échappent des fruits de toutes sortes.

5 — Tasse et soucoupe en ancienne porcelaine de Sèvres pâte tendre, fond bleu de roi à guirlandes de fleurs et ornements rehaussés d'or, médaillon à scène champêtre et paysage.

140

6 — Service à café en ancienne porcelaine de Vienne, composé d'un plateau, une cafetière, un sucrier ovale, un sucrier rond, deux tasses avec soucoupes, une cuiller à sucre, décor style Égyptien en jaune, grisaille noir et or à médaillons et hiéroglyphes.

245

7 — Écritoire en porcelaine genre de Sèvres, sur plateau adhérent, décor à chutes de laurier et rayures roses, bordure gros bleu rehaussée d'or, monture en bronze doré. Style Louis XVI.

8 — Chocolatière en ancienne porcelaine d'Allemagne, décor bouquets de fleurs, bec à mascaron.

9 — Trois plateaux, forme éventails, en ancienne porcelaine de Sèvres, décor bouquets de fleurs, bordures feuilles de choux bleu et or.

255

10 — Tasse-trembleuse avec couvercle en ancienne porcelaine à la Reine, décor à thyrses de bleuets et de feuillages dans des encadrements relevés d'or, fond blanc à semis de fleurs.

11 — Deux plateaux ovales en ancienne porcelaine de Vienne, décor à bouquets de fleurs, bordure gaufrée à filets d'or.

12 — Deux vases avec couvercles en porcelaine de Saxe, décor semis de fleurs, oiseaux et branchages en relief.

13 — Petit buste en ancienne porcelaine d'Allemagne, représentant un Électeur de Saxe.

14 — Deux figurines en porcelaine de Paris, représentant Jupiter et Saturne.

15 — Deux petits bustes en porcelaine de Paris : l'Hiver et l'Été.

16 — Paire de vases en porcelaine Premier Empire, fond or, décor à médaillons de personnages.

17 — Deux pièces de service et vase en porcelaine, fond blanc.

PORCELAINES DE CHINE

ET DU JAPON

18 — Vase en ancienne porcelaine de Chine de la famille verte, décor représentant une assemblée de mandarins et des personnages en promenade sur des terrasses avec verdure.

19 — Bouteille en ancienne porcelaine de Chine de la famille verte, décor oiseaux de paradis dans un paysage fleuri.

20 — Vase à quatre faces en ancienne porcelaine de Chine, décor à armoirie, jardinières et branchages fleuris en polychrome et or, et parties en Sopra-bianco.

21 — Assiette en ancienne porcelaine de Chine de la famille verte, décorée de personnages dans un paysage avec balustrade.

22 — Assiette en ancienne porcelaine de Chine, décor en émaux de couleurs, représentant une maison au milieu d'un paysage animé de figures. Bordure à fleurs sur fond bleu.

23 — Deux chimères couchées en ancien biscuit de Chine émaillé, décor vert, jaune et violet d'un modèle remarquable.

24 à 28 — Diverses pièces de vitrine.

29 — Deux vases en porcelaine de Satzuma, décor à personnages.

30 — Vase en porcelaine, fond crème, décor polychrome.

31 — Vase de forme allongée en porcelaine de Chine, décor à fleurs.

32 — Vase à col étranglé en porcelaine fond vert.

33 — Vase en porcelaine de Chine, décor à animaux en bleu sur blanc.

34 — Grand cornet en porcelaine fond rouge, décor à réserves de médaillons.

35 — Vase fond noir à col étranglé, décor à feuillages.

36 — Potiche couverte, à décor bleu.

37 — Quatre coupes lacrymatoires en verre.

38 — Vase à anse en porcelaine, décor en bleu.

39 — Deux cruches en terre cuite.

40 — Assiette en céladon de Chine.

41 — Statuette de bouddha assis en porcelaine.

SCULPTURES

42 — Groupe en marbre, représentant une femme drapée debout et un enfant tenant un médaillon. Sculpture intéressante attribuée à *Pierre Puget*. xviiᵉ siècle. Socle en marbre bleu turquin.

43 — Groupe en marbre : les Trois Grâces, d'après *Canova*.

44 — Buste en marbre : la Frileuse, d'après *Houdon*.

45 — Buste en marbre dans le goût du xviiiᵉ siècle, représentant le maréchal de Saxe en armure.

46 — Tête de femme grecque. Sculpture ancienne en marbre.

47 — Buste colossal de François Iᵉʳ, en terre cuite, par d'*Épinay*. Signé.

48 — Buste de gentilhomme en costume du xviiiᵉ siècle. Plâtre patiné.

OBJETS D'ART

49 — Paire de candélabres, formés par des amours portant des branches à cinq lumières en bronze patiné et doré. Sur socles en marbre. Style Louis XVI.

5o — Théière en bronze et émail cloisonné.

5i — Coffret en bronze et émail cloisonné.

5·2 — Vase à anses en bronze, à décor d'or.

53 — Grande jardinière en bronze de l'Extrême-Orient, décorée en relief.

54 — Vase en bronze décoré en relief.

55 — Deux vases en cuivre ciselé. Travail oriental.

56 — Jardinière ovale en émail de Canton, fond bleu.

57 — Six cendriers en émail de Canton.

58 — Aiguière avec bassin en cuivre incrusté d'argent. Travail oriental.

59 — Service à café en cuivre, orné d'incrustations d'argent. Travail oriental.

6o — Jardinière, ornée d'incrustations d'argent. Travail oriental.

6i — Brûle-parfums en cuivre incrusté d'argent. Travail oriental.

62 — Appareil d'éclairage de billard, disposé pour l'électricité.

63 — Deux figurines en ivoire avec costumes en bois sculpté : Paysan et paysanne. Travail allemand du XVIIe siècle.

64 — Bougeoir oriental en argent.

65 — Presse-papier en argent et corne. Travail chinois.

66 — Collier à griffes de lion, monture en or et argent. Travail algérien.

67 — Groupe en ivoire : Bouddha sur oiseau.

68 — Statuette de personnage portant un panier en ivoire.

69 — Groupe ivoire : Intérieur d'atelier.

70 — Groupe ivoire : Singes et serpent.

71 — Six netskés.

72 — Flacon-tabatière en jade.

73 — Timbale en argent.

MINIATURES

74 — Douze miniatures sur vélin de l'École française du XVIIIe siècle, représentant des actrices et des comédiens. Peintures intéressantes pour l'Histoire du costume.

MEUBLES

75 — Joli meuble à deux corps en noyer sculpté, ouvrant à quatre portes et avec rangée de tiroirs, offrant en bas-relief des sujets allégoriques. Travail français, XVIe siècle.

76 — Panetière et pétrin en bois sculpté, riche décor à rocailles. Style Louis XV.

77 — Ameublement de chambre à coucher en bois rose et amaranthe, de style Louis XVI, composé d'un lit de milieu, d'une armoire à glace et d'une table de nuit.

78 — Commode Louis XVI, ouvrant à trois tiroirs, en marqueterie de bois de placage et ornée de bronzes dorés.

79 — Bureau de dame Louis XVI, ouvrant à cylindre, en bois de rose, orné de bronzes dorés.

80 — Marquise en noyer sculpté, foncée de canne dorée, avec coussin en moire jaune. Style Louis XV.

81 — Vitrine en bois sculpté et doré, gainée à l'intérieur de soie jaune. Style Louis XVI.

82 — Billard de Brunswick.

83 — Bergère en bois sculpté et doré, couverte en soierie rouge brochée à fleurs. Style Louis XVI.

84 — Guéridon rond en bois sculpté et doré. Dessus de marbre veiné. Style Louis XVI.

TAPISSERIES

85 — Grande et belle tapisserie d'Aubusson, représentant une intéressante composition historique à nombreux personnages ; bordure à fleurs et ornements. Époque Louis XIV.

86 — Grande et belle tapisserie d'Aubusson, représentant une scène allégorique à plusieurs personnages, avec bordure à fleurs et ornements. Époque Louis XIV.

87 — Grande et belle tapisserie d'Aubusson, représentant un paysage accidenté et boisé, avec volatiles ; bordure à fleurs. XVIIIe siècle.

TAPIS, BRODERIES

88 — Grand tapis de Smyrne, fond bleu à dessin polychrome ; bordure fond rouge.

89 — Tapis ancien de Ferahan, à dessins variés.

90 — Tapis de galerie ancien de Perse, fond bleu, dessin à arabesques.

91 — Tapis de Smyrne, fond rouge, dessin à médaillon.

92 — Tapis de galerie ancien du Daghestan, dessin polychrome.

93 — Petit tapis ancien d'Asie, fond rose.

94 — Tapis ancien de Kirchebriz, fond vert, dessin archaïque.

95 — Tapis ancien de Boukhara, fond rose.

96 — Deux portières en soie.

97 à 102 — Lot de broderies et étoffes orientales.

103 — Tapis persan, à dessin varié.

104 — Tapis de prière en soie.

105 — Grand tapis Shoumak, à dessin polychrome.

105 — Coussin et bande en tapisserie et petit tapis de Boukhara.

107 — Tapis Schoumak, à grands dessins.

108 — Tapis de Smyrne.

109 — Dessus de table en damas, à fils d'argent.

110 — Châle indien.

111 — Trois serviettes en broderie orientale.

112 — Deux dessus de coussins en tapis de soie d'Orient.

113-114 — Quatre panneaux en toile imprimée de Perse.

TABLEAUX, PASTELS

AQUARELLES

BOUCHER (École de)

115 — *Le Repos champêtre.*

Une jeune bergère assise et une paysanne auprès d'elle, entourées de moutons, écoutent un jeune joueur de cornemuse.

Peinture sur bois.

FLINCK (Attribué à)

116 — *Portrait d'Homme à longue barbe.*

En costume et chapeau noirs, avec collerette blanche.

FRAGONARD (École de)

117 — *L'Éducation des bambins.*

Devant sa jeune mère assise, un petit blondinet, debout, relève sa chemise et regarde timidement des fruits qui sont à ses pieds ; cinq autres bambins sont dispersés dans la salle basse autour d'eux. A droite, par une baie donnant sur la campagne, apparaissent un paysan et son âne auquel un petit garçon donne sa pâture.

FRAPPA (José)

118 — *Le Thuriféraire en prière.*

GOUGELET

119 — *La Chanson du Printemps.*

HANRIOT

120 — *Jeune Femme.*

Aquarelle.

LAGRENÉE (Attribué à)

121 — *Vénus surprise par Jupiter.*

Tableau ovale.

LEMOINE

122 — *Vénus et les Amours voulant reteni'*
Apollon.

Gracieuse composition.

LEROY

123 — *Chats.*
Aquarelle.

PERRONEAU (Attribué à JEAN-BAPTISTE)

124 — *Portrait de Dame de qualité.*

Représentée à mi-corps et de face, en robe de
satin blanc à corsage décolleté, avec manteau de
velours bleu garni de fourrure, cheveux à la poudre avec fleurs bleues.
Beau pastel.

PERRONEAU (Attribué à JEAN-BAPTISTE)

125 — *Portrait de Gentilhomme.*

> Regardant presque de face, à perruque poudrée, en habit de velours noir, gilet de brocart d'or, cravate et jabot de dentelle.
> Beau pastel pendant du précédent.

POUSSIN (Attribué à)

126 — *Jésus guérissant les malades.*

RAOUX (Attribué à)

127 — *La Partie de chant.*

RIGAUD (HYACINTHE)

128 — *Portrait de don Hercules Thomas Rovero, marquis de Cortances.*

> Représenté en grand costume, regardant presque de face.
> Beau tableau.

RIGAUD (École de HYACINTHE)

129 — *Portrait d'un Maréchal.*

> En costume de guerre, tenant son bâton de commandement à la main et regardant vers la droite.

TAYSIER (RENÉ)

130 — *Marine.*

TENIERS (École de David)

131 — *Le Fumeur.*

TENIERS (Attribué à)

132 — *La Taverne.*

Trois personnages fumeurs et buveurs sont assis et causent. Une servante arrive à droite, apportant un plateau. Signé du monogramme : *D. T.*

TENIERS (D'après [David)

133 — *Troisième et quatrième Fêtes flamandes.*

Deux gravures par Le Bas.

TESTU

134 — *Les Pêcheuses de crevettes.*

THOMINE

135 — *Jeune Italienne.*

VALLIN

136 — *Tête de Flore.*

Petit tableau sur bois.

ÉCOLE FRANÇAISE (xviiie siècle

137 — *Le Montreur d'oiseaux.*

Plusieurs personnages réunis dans un parc.
Gracieuse composition.
Peinture sur toile.

ÉCOLE FRANÇAISE (xviiie siècle)

138 — *Scène champêtre.*

Joli dessus de porte.

ÉCOLE FRANÇAISE (xviiie siècle)

139 — *Corbeille de fleurs sur une console drapée.*

Dessus de porte.

ECOLE FRANÇAISE (xviiie siècle)

140 — *Le Printemps.*

Deux enfants devant une balustrade avec vases de fleurs, tenant des guirlandes, et s'appuyant sur un panier de fruits, causent ensemble.

ÉCOLE FRANÇAISE (xviiie siècle)

141 — *Portraits d'une Dame de qualité et de sa fille.*

Elles regardent presque de face, l'une est habillée de bleu, l'autre de rose, robes à corsages décolletés garnis de dentelles, coiffures à la poudre, avec coquets bonnets enrubannés.

ÉCOLE HOLLANDAISE

142 — *Paysage arrosé par un canal et animé de personnages.*

143 — Objets omis.